VENTE DES 5 ET 6 FÉVRIER 1912

COLLECTION A. DE R.

EX-LIBRIS FRANÇAIS

HÉRALDIQUES

DES

XVIIe ET XVIIIe SIÈCLES

CINQUIÈME PARTIE

PARIS
ÉM. PAUL ET FILS ET GUILLEMIN
Libraires de la Bibliothèque Nationale
28, RUE DES BONS-ENFANTS, 28

N° 1855 du Catalogue.

EX-LIBRIS FRANÇAIS

CINQUIÈME PARTIE

LA VENTE AURA LIEU

Les Lundi 5 et Mardi 6 Février 1912

A DEUX HEURES PRÉCISES DU SOIR

Dans les Salles de Ventes aux Enchères

DE LA LIBRAIRIE ÉM. PAUL ET FILS ET GUILLEMIN

28, Rue des Bons-Enfants, 28 (Anciennes Maisons Silvestre et Labitte)

SALLE N° 1

Par le ministère de M⁰ **ANDRÉ DESVOUGES**, Commissaire-Priseur

26, RUE DE LA GRANGE-BATELIÈRE, 26

Assisté de **MM. ÉM. PAUL FILS ET GUILLEMIN**, Libraires-Experts

28, RUE DES BONS-ENFANTS, 28

EXPOSITION PARTICULIÈRE

Les Vendredi 2 et Samedi 3 Février 1912

28, RUE DES BONS-ENFANTS, 28

De 2 heures à 5 heures

ORDRE DES VACATIONS

		NUMÉROS
PREMIÈRE VACATION — *Lundi 5 Février 1912*		1823 à 2056
DEUXIÈME VACATION. — *Mardi 6 Février 1912*		2057 à 2288

CONDITIONS DE LA VENTE

La vente se fait expressément au comptant.

Les acquéreurs paieront 10 pour cent en sus des enchères.

Les Experts chargés de la vente rempliront, aux conditions d'usage, les commissions des personnes qui ne pourraient y assister.

COLLECTION A. DE R.

EX-LIBRIS FRANÇAIS

HÉRALDIQUES

DES XVIIe ET XVIIIe SIÈCLES

CINQUIÈME PARTIE

N° 2239 du Catalogue.

PARIS

ÉM. PAUL ET FILS ET GUILLEMIN

Libraires de la Bibliothèque Nationale

28, RUE DES BONS-ENFANTS, 28

1912

Nº 1917 du Catalogue.

---

*Le classement adopté par le possesseur de cette collection a été scru-
puleusement conservé pour permettre de la présenter telle qu'elle
se trouvait dans ses cartons. — La plupart des pièces qui la com-
posent sont accompagnées de notices historiques, généalogiques ou
héraldiques, du plus grand intérêt, écrites sur les feuillets de bris-
tol portant les ex-libris.*

XVIIᵉ SIECLE

NORMANDIE

1823. Anonyme. (*De sable, au sautoir dentelé d'or, cantonné de
4 étoiles du même*). avec la devise : *Præ ope virtus* ; gr. par
J. Touslain.

Epreuve à toutes marges.

1824. (Anviray de Macheville) (d')?

1825. (Baillard des Cours) (L.-C.-P.). — 3 variantes dont une
in-12 et deux petit in-8, gr. par *R. H. F.*

1826. **Bardin** (Jean). prêtre : in-12.

> Pièce de la plus grande rareté.

1827. **Bardin** (Jean), prêtre ; in-4.

> Très rare.
> Épreuve à toutes marges.

Nº 1827 du Catalogue.

1828. (**Bazin de Bezons**) ; in-8 ovale.

> Rare.

1829. **Bertheaume**, gr. par *J. Touslain*.

> Très rare.

1830. **Bigot** (Jean). — 3 variantes, dont deux anonymes.

1831. **Bigot** (Louis-Émeric). — 3 variantes.

1832. Bigot (Robert), gr. par *J. Touslain*.
Très rare.

1833. Bigot de la Turgère. — 2 variantes, dont une in-16 anonyme.

1834. (Bonvoust d'Aunay (de).
Rare.
Épreuve à toutes marges.

N° 1841 du Catalogue.

1835. (Bouchard) de Méhérenc.

1836. Brasdefer (Louis); in-12.
Très rare.

1837. Brasdefer (Louis); in-4.
Très rare.

1838. (Brinon, Sr de Formanville); in-4.
Épreuve à toutes marges.

1839. **(Carvel de Saint-Merey)**, gr. par *G. D.*

Très rare.
Épreuve à toutes marges.

1840. **Cavelier** (Henri), gr. par *R. H.* ; in-4.

Pièce de la plus grande rareté.
Superbe épreuve à toutes marges.

1841. **(Clère)** (de) ; grand in-4.
Superbe pièce de la plus grande rareté.

N° 1844 du Catalogue.

1842. **(Clerel de Rampan)**, conseiller au Parlement de Rouen.

Très rare.
Épreuve à toutes marges.

1843. **(Clérot)**, avocat au Parlement de Normandie ; grand in-8.

1844. **(Coignard du Petit-Camp)**, conseiller au Parlement de Rouen ; in-4.

Pièce de la plus grande rareté.
Superbe épreuve à toutes marges.

Nᵒ 1840 du Catalogue.

1845. (**Coquerel**) (de), gr. par (*Toustain*).
Très rare.

1846. **Cotterel** (Guillaume); grand in-8.
Rarissime.
Superbe épreuve à toutes marges.

N° 1845 du Catalogue.

1847. (**Du Bosc d'Ermival**); in-12.
Rare.

1848. (**Du Bosc d'Ermival**), gr. par *Dacquet*; petit in-8.
Très rare.

1849. (**Du Bosc d'Ermival**), gr. par *de la Roussière*, petit in-4.
Pièce rarissime.
Superbe épreuve à toutes marges.

1850. (**Du Bosc de la Mare**); in-8 en largeur.
Épreuve à toutes marges.

1851. (**Du Chemin de la Tour**); in-12 en largeur.
Rare.

Nº 1849 du Catalogue.

Nº 1846 du Catalogue.

1852. (**Du Chemin de la Tour**), gr. par *J. Regnault* ; in-4.
> Très rare

1853. **Du Four** (L.), conseiller à la Cour des Aides de Normandie, in-8.
> Rare.
> Épreuve à toutes marges.

1854. (**Du Pont de Sainneville**.)

1855. (**Feydeau de Brou**) (Denis), intendant de Rouen en 1686 ; in-4.
> Superbe et très rare pièce.
> *Voir la reproduction à la quatrième page de la couverture.*

1856. (**Filleul de Freneuse**.)

1857. (**Fleury**) (l'abbé), gr. par *N. Picart*.
> Pièce fort rare.

1858. **Fougeroux d'Angerville** (F.).
> Épreuve à toutes marges.

1859. **Fourgon** (Jean), à Rouen, 1681, gr. par *Jacques de Belleau*.

1860. **Garaby- (Pierrepont)** (Antoine de), seigneur de la Luzerne, 1642 ; in-8.
> Très rare.
> Épreuve à toutes marges.

1861. (**Goyon-Matignon**) (Éléonor de), évêque de Coutances.
> Rare.

1862. (**Grainville**) (de).
> Superbe épreuve à toutes marges.

1863. (**Grossin du Breuil**), épreuve à toutes marges. — Louis (GROSSIN) DE MANEVAL, conseiller au Parlement de Normandie, gr. par *C. M.* ; in-8. — Ensemble 2 pièces.

1864. (**Gueroult du Saussay**). — (GUEROULT) DE BOUTEMONT ; 2 variantes, dont une anonyme. — Ensemble 3 pièces.
> Série rare.

1865. **Hallé** (Barthélemy), prêtre de l'Église de Rouen ; in-8.
> Pièce de la plus grande rareté.

N° 1866 du Catalogue.

1866. Hallé (Barthélemy), prêtre de l'Église de Rouen ; in-4.

Très belle pièce. — Rare.
Petite restauration.

1867. Hellouin de Menibus (Marc-Ant.), avocat général au Parlement de Normandie ; petit in-8.

Pièce de la plus grande rareté.

1868. (Hérault) (Jean-Louis), conseiller au Parlement de Normandie.

Rare.

N° 1867 du Catalogue.

1869. (Horcholle) (Th. et Louis), prêtres et curés doyens à Rouen ; grand in-8.

Superbe épreuve à toutes marges.

1870. Hue de la Roque (Jean), chanoine doyen de l'Église de Rouen (don à la Bibliothèque de la Ville en 1724), gr. par *J.-D. Beleau* ; grand in-8.

Épreuve du *premier état*, très rare : Légende en cinq lignes ; crosse tournée à dextre.

1871. Hue de la Roque (Jean), chanoine doyen de l'Église de

Rouen (don à la Bibliothèque de la Ville en 1724), gr. par *J.-D. Beleau* ; grand in-8.

Deuxième état : Légende en six lignes ; crosse tournée à sénestre.

1872. **Huet** (Pierre-Daniel), évêque d'Avranches, 1692. — 3 variantes, in-12, in-8 et grand in-8.

N° 1874 du Catalogue.

1873. **Huet** (Pierre-Daniel), évêque d'Avranches, 1692, in-folio.
Très belle pièce.

1874. **Joigny** (C.-G.-F. de), gr. *par J. Toustain.*
Pièce de la plus grande rareté.
Epreuve du *deuxième état*, avec une rose de gueules adextrant le lion.

1875. **La Fosse** (François de), chanoine de l'Eglise de Rouen, gr. *par J. T(oustain)* ; in-8.
Rare.
Superbe épreuve à toutes marges.

3

1876. Lamare (Antoine de), seigneur de Chenevarin ; in-8.
Épreuve portant la description typographique des armes.

1877. Lamare (Antoine de), seigneur de Chenevarin ; in-4.
Rare.
Épreuve du *deuxième état* : Avec le monogramme et la devise gravés.

1878. (Le Boullenger du Tilleul.)
Très rare.

1879. Le Carpentier, maître des Ouvrages.
Très rare.
Belle épreuve à toutes marges.

1880. Le Chandelier, ph. (pharmacien) à Rouen.
Rare.
Le nom du titulaire est manuscrit.

1881. (Le Chevallier) (docteur-médecin) ; grand in-4.
Curieuse et rarissime pièce, non citée par *Henry-André*.

1882. Le Clerc de Lesseville (Eustache), conseiller du Roi, abbé de Saint-Crépin de Soissons, gr. par *P. Nolin* ; in-4.
Très rare.

1883. (Le Cordier de Bigars) (Barthélemy), doyen de la cathédrale de Rouen, conseiller au Parlement de Normandie.
Rare.
Épreuve non rognée, difficile à rencontrer dans cet état.

1884. (Le Cornier de Cideville), conseiller au Parlement de Normandie ; petit in-8.
Très rare.

1885. (Macé) (P.) ; in-8.
Épreuve avec encadrement tiré en rouge au pochoir. - Nom d'un possesseur ultérieur ajouté à l'encre.

1886. (Mareste) (de) : in-12 de forme ovale.
Rare.

1887. (Mareste) (de) ; in-12 de forme ovale.
Très rare. — Le sautoir est chargé de 2 cierges.

1888. (Mareste) (de), gr. par *H. D.* ; in-8 carré.
Rare.
Épreuve à toutes marges.

1889. (**Mareste**) (Ant. de), gr. par (*J. Toustain*).

> Très rare.
> Superbe épreuve à toutes marges.

1890. **Mareste** (Antoine de), avocat général du Roi en la Cour des Aides de Normandie, 1647 ; in-4.

> Très rare.
> Belle épreuve.

Nº 1881 du Catalogue.

1891. **Mareste** (Antoine de), avocat général en la Cour des Aides de Normandie, gr. par *H. D.* ; in-4.

> Très rare.
> Superbe épreuve à toutes marges.

1892. **Mareste** (Antoine de), seigneur d'Alge. conseiller au Parlement de Normandie, 1671.

> Très rare.
> Belle épreuve à toutes marges.

1893. (Morant) (Thomas de), baron du Mesnil-Garnier.
   Pièce tirée au moyen d'un fer à dorer.

1894. (Motteville) (de), gr. par *B. D.*
   Rare.
   Superbe épreuve à toutes marges.

1895. (Paviot du Bouillon) (Charles-Hyacinthe), procureur général au Parlement de Rouen. — 2 variantes.

N° 1896 du Catalogue.

1896. (Pellevé) (de), ou Poillevé ; in-8.
   Rarissime.

1897. Pellot, premier président au Parlement de Normandie, gr. par *J. T(oustain)*.
   Superbe épreuve à toutes marges, très rare dans cet état.

1898. (Poisson de Souzy) ; in-16.
   Petite pièce de la plus grande rareté.
   Epreuve à toutes marges.

1899. (Quiquebeuf de Rossy.)

1900. (Richomme de la Borde). abbé de Sept-Fontaines, gr. par
Thomassin ; in-8.

Pièce de la plus grande rareté.

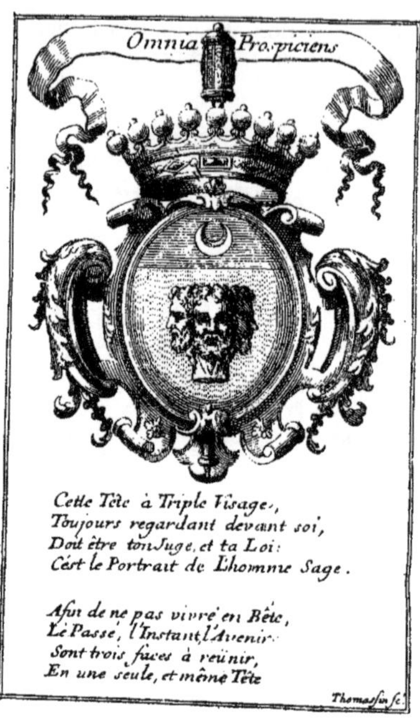

N° 1900 du Catalogue.

1901. (Richomme de la Mare) : in-8.

Rare.
Épreuve à toutes marges avec la description typographique des armes.

1902. Robinot (Nicolas), gr. sur bois, avec le nom du titulaire manuscrit.

1903. Rolet (Jean), marchand à Rouen.

Très rare.
Superbe épreuve à toutes marges.
Voir la reproduction à la page 23 du Catalogue.

1904. (**Rosset**) (Mme de), née Le Bas de Préaux.
Très rare.

1905. (**Saint-Lô**) (Prieuré de), à Rouen ; grand in-4.
Très rare.
Superbe épreuve à toutes marges.

1906. **Sainte-Marie d'Auvers** (A.-C. de).
Epreuve à toutes marges tirée in-4.

1907. (**Scott de la Mésangère**) ; in-12.

1908. (**Scott de la Mésangère**) ; in-4.
Belle épreuve.

1909. **Theroulde** (Louis).
Rare.

1910. **Theroulde** (Louis), avocat au Parlement de Normandie.
Rare.

1911. (**Thomas de la Tainville**) ; in-16 de forme ronde.
Petite pièce très rare.
Epreuve à toutes marges.

1912. (**Tiremois d'Hequerville**) ; petit in-8.
Rare.

1913. (**Tiremois d'Hequerville**) (Jean), conseiller au Parlement
de Rouen, gr. par *L. Regnault* ; in-4.
Très rare.
Belle épreuve à toutes marges.

1914. **Valois de la Mare** (Adrien de), conseiller et historiographe
du Roi ; in-8.

1915. **Valois de la Mare** (Adrien de), conseiller et historiographe
du Roi ; petit in-4 carré.

1916. **Vassy** (Claude de), marquis de Pirou, gr. par *J. Toustain* ;
petit in-8.

1917. (**Vauquelin des Yveteaux**) ; in-8 en largeur.
Très rare.
Voir la reproduction à la première page du texte.

1918. **Vigneral** (de), conseiller au Parlement de Rouen ; petit
in-4.
Rare.
Belle épreuve à toutes marges.

1919. (**Y de Seraucourt**) (de) ; petit in-8.

> Pièce très rare. — L'écu est surmonté d'un casque, de lambrequins et d'un cimier.
> Très belle épreuve à toutes marges.

1920. (**Y de Seraucourt**) (de) ; in-4 en largeur.

> Superbe épreuve à toutes marges d'une pièce de la plus grande rareté.

N° 1922 du Catalogue.

1921. **Y de Seraucourt** (Jean-Bapt. de), archidiacre de l'Eglise de Reims ; in-12.

> Pièce de la plus grande rareté.

1922. **Y de Seraucourt** (Joseph-Nicolas de), vicaire général de l'Eglise de Rouen ; in-8.

> Rare.

1923. **Fourcy** (B.-H. de) ; 2 variantes. — (Grout du Closneuf), gr. par *J. Gossel.* — (Le Boucher d'Hérouville). — de Nesmond, évêque de Bayeux. — Ensemble 5 pièces.

PROVENCE

1924. (**Agut**) (d'), gr. par *Maretz.*

1925. (**Barras de la Penne**)(Jean-Ant. de), premier chef d'escadre des galères du Roi. — 2 pièces dont une gr. par *B(eguin).*

1926. (**Castel**). — 2 variantes, dont une du XVIIIᵉ siècle.

1927. (**Colonia**) (de).
> Rare.

1928. (**Des Porcelets**) ; in-4.
> Très rare.
> Léger raccommodage.

1929. (**Forbin-**)**Janson** (le cardinal Toussaint de), gr. par *Vallet* ; in-12 en largeur.
> Épreuve à toutes marges.

1930. **Foresta** (Ange de), prévôt de la Collégiale de Saint-Martin de Marseille. — 3 variantes, dont deux anonymes à toutes marges.
> Série très rare.

1931. (**Guérin de Fuveau**) (de).
> Rare.

1932. (**Lanau**) (Julien-Barthélemy), conseiller au siège d'Arles en 1675, gr. par *C. M.* — André-Barthélemy Lanau, conseiller du Roi à Arles, gr. par (*Michel*) ; petit in-8. — Ensemble 2 pièces.

1933. (**Morelli**) (de), gr. par *Longchamps.*
> Très rare.

1934. (**Pitton de Tournefort**). — 3 variantes.
> Rares.

1935. (**Ripert d'Alausier**) (de) gr. par *D. F.* ; petit in-8 en largeur.
> Très rare. — Belle épreuve à toutes marges.

1936. (**Sabran**) (de) ; pet. in-8, gr. par (*Humbelot*).

1937. (**Sabran**) (de), gr. par (*Humbelot*) ; in-8 carré.

1938. (**Sabran**) (de). gr. par *Humbelot* ; très grand in-4.
> Très rare.
> Epreuve à toutes marges ; petit raccommodage à l'un des angles.

1939. (**Senès**) (de), (à Toulon) ; petit in-12.
> Très rare.

1940. (**Séguiran**) (de), (à Aix) ; grand in-8 en largeur.
> Curieuse et très rare pièce gravée sur bois. — Restaurations.

1941. (**Tambourin**) (de),
> Epreuve à toutes marges.

1942. **Tholosan** (Joseph), prêtre à Aubagne ; in-8, gr. sur bois.

1943. (**Cabanes**) (de). — (de CADENET DE CHARLEVAL). — (de CAN-
CÉRIS), épreuve restaurée. — (de GASSENDI). — (RICOUS). —
F.-C.-L. ROUSSET, carme à Avignon. — (Charles VACHIER), juge
à Trinquetaille, conseiller à Arles. — Ensemble 7 pièces.

Nᵒ 1903 du Catalogue.

Nº 1949 du Catalogue.

N° 2267 du Catalogue.

XVIIIᵉ SIECLE

NORMANDIE

1944. (**Achard de Bonvouloir**) (Luc-René-Charles), lieutenant
des maréchaux de France.

1945. (**Allain de Montafilan**) ; in-12.

1946. **Angerville** (le comte d'), 1778.
> Rare.

1947. (**Ango**) **de Flers** (le marquis), accolé de Ligier de la Prade.
> Belle épreuve à toutes marges.

1948. (**Anneville**) (d').
> Rare.

1949. **Anonyme**. — Sujet champêtre, avec la devise : *Credo, spero,
lego, sapio beata*, gr. par *Jacques*, à Rouen ; in-4.
> Ex-libris exécuté sans doute pour la bibliothèque d'un ecclésiastique, ou
> d'un établissement religieux normand. — Magnifique pièce de la plus grande
> rareté.
> Epreuve à toutes marges.

1950. **Arthenay** (d').

1951. **Avesgo** (Pierre-Charles d'), chevalier du Valheureux.
Rare.

1952. **Bailleul** (de). — 2 pièces, dont une à toutes marges, gr. par *Campion* et l'autre au pochoir.

1953. (**Bazin de Bezons**) (le marquis de). — Armand de Bezons, évêque de Carcassonne ; 2 variantes. — Ensemble 3 pièces.

1954. (**Beffara**) (Louis-François), littérateur, gr. par (*Jacques*).

N° 1957 du Catalogue.

1955. **Behotte** (Jean), de Rouen.
Rare.

1956. **Belier de Vandelle**. — 2 variantes in-12 et in-8.

1957. (**Benard.**)
Rare.
Belle épreuve à toutes marges.

1958. **Billioud des Rives**, chanoine d'Eu. — 2 variantes.

1959. (**Blouet**) **de Camilly**, chevalier de Malte. — François Blouet de Camilly, évêque et comte de Toul, 2 variantes à toutes marges, dont une petit in-4. — Ensemble 3 pièces.

1960. **Bois-David** (G.-F.-H. de), conseiller au Parlement de Normandie, gr. par (*Jacques*).
Belle épreuve à toutes marges.

1961. (Boistard) de Vauville.
Epreuve à toutes marges.

1962. Boudier, curé d'Azeville, 1777.
Rare.

1963. Brigeat de Lambert, vicaire-général à Avranches.
Epreuve à toutes marges.

N° 1967 du Catalogue.

1964. (Broglie (Charles-Maurice de), abbé du Mont-Saint-Michel, de Beaune-les-Moines et des Vaux-de-Cernay ; grand in-8 en largeur.

1965. (Broglie) (le cardinal Charles III de), évêque et comte de Noyon — 2 variantes in-12 et in-8, gr. par *N. Ouuloux*.

1966. (Broglie) (le maréchal, prince de). — 2 variantes, dont une in-18 en largeur gr. par *Desnoyers*.

1967. (Cabot) d'Epreville, conseiller au Parlement de Rouen, gr. par *Jacques le jeune.*
Très rare.
Belle épreuve à toutes marges.

1968. **Caen** (Hôtel-Dieu de), gr. par *Colot*.
  Ex-libris de la Bibliothèque des chanoines réguliers de l'Hôtel-Dieu de Caen.
  Rare.

1969. (**Carel**) (de), accolé de Bailleul, gr. par (*Jacques*).
  Rare.
  Belle épreuve grande de marges.

1970. **Carré** (Nicolas), chanoine à Rouen, gr. par *F. Cars* ; petit in-8.
  Rare.

1971. (**Chambray**) (le marquis de), gr. sur bois, de forme ronde.

1972. **Charles de la Blandinière** (Pierre-Jean): in-8.
  Rare.

1973. (**Chaumontel**) (André-Thomas-Jean de), garde du corps du Roi, puis colonel.
  Épreuve à toutes marges.

1974. (**Chrestien**) **de Fumechon**, gr. par (*Goüel*).

1975. (**Clément de Failles**) (Alexandre-Julien). — CLÉMENT DE BARVILLE, avocat général en la Cour des Aides. — Ensemble 2 pièces.

1976. **Clinchamp-Bellegarde** (de), (colonel de brigade, commandant l'École d'artillerie de Grenoble).
  Belle épreuve à toutes marges.

1977. (**Cormeilles** de) ; in-16.
  Quatre frères de ce nom servaient au milieu du XVIIIe siècle dans les armées du Roi.

1978. **Couvert** (de Coulons), gr. par *Goüel*. — 2 variantes, dont une avant la devise.

1979. **Dallet**, gr. par *Goüel*.
  Rare.

1980. (**Dandasne**) **de Crosville** (le Président) ; accolé de Bailleul.
  Rare.

1981. (**Des Essars de Lignières**) ; in-8 à quatre quartiers contre-écartelés et sur le tout, gr. par *A. H. F.* — (Mⁿᵉ DES ESSARS DE LIGNIÈRES), épreuve découpée. — Ensemble 2 pièces.
  Rares.

1982. (**Des Moulins**) **de l'Isle** (le comte) — 2 variantes petit in-8 carré.

1983. Djeres (P.-C.-J.), membre du Parlement de Normandie, 1752.

Epreuve à toutes marges.

1984. Doublet (de Persan) (Nicolas). — Casimir (DOUBLET) DE PERSAN. — Ensemble 2 pièces.

1985. (Du Bocage) de Saint-Hilaire.

Epreuve à toutes marges.

Nº 1989 du Catalogue.

1986. Ducarel (André-Coltée), l'auteur des *Antiquités anglo-normandes* (1713-1785).

Né en Normandie; sa famille dut quitter la France afin de pouvoir professer librement la religion protestante.
Rare.

1987. Du Chemin de la Tour (L.-F.), commandant de Saint-Lô. — 5 variantes.

1988. Du Douët (Pierre-Philippe), médecin à Caen. — Jean-Jacques-Philippe Du DOUET; 2 pièces, dont une étiquette. — Ensemble 3 pièces.

1989. Dufay de Carsix.

Très jolie pièce. — Rare.

1990. Dulorey.

Pièce curieuse et peu commune.

1991. Du Mesnil.

Jolie pièce dans le goût de *Collin*.

1992. (Durand de Missy)(Pierre-Jean-Bapt.), évêque d'Avranches, gr. par *H. F. A. R.* ; petit in-8 en largeur.

1993. (Du Tot) (M""").

Accolé : *d'or, au chef-pal de sable*.

1994. (Du Val) de Bonneval (le chevalier), Ingénieur ordinaire du Roi, 1733.

1995. (Faucon de Ris, comte de Bacqueville).

1996. (Faudoas) (M"" de), née Isabelle-Jeanne de Bernières.

Rare.

1997. Fauvel, abbé (de Clairsay). — 4 variantes.

1998. (Fortin de la Hoguette) (Hardouin), archevêque de Sens. — 2 variantes, dont une petit in-8 en largeur gr. par *F. Ertinger*.

1999. (Foulon) (de). — 2 variantes dont une gr. par *Roy*.

2000. Gaillard (Clément). — Etienne GAILLARD — Jacques GAILLARD. — Ensemble 3 pièces. dont deux in-16, gr. par *Jacques*.

2001. Gale (Taneguy). — (GALE) DE LA FOSSE-CHATRY. — Ensemble 2 pièces.

2002. Gallois de Maquerville (J.-L.-G.), avocat général au Parlement de Rouen. — 2 variantes.

2003. Godard (J.-J.-F.), abbé de la Sainte-Trinité de Caen. doyen de la Collégiale du Saint-Sépulcre de Caen. 1761.

2004. (Godart de Belbeuf) (Jean-Pierre-Prosper), procureur général au Parlement de Normandie, gr. par *Goüel* : grand in-4.

Très belle et très rare pièce.

2005. Gossellin (Joseph). gr. par *lui-même*, 1770, — 2 variantes.

2006. Guiot (Joseph-André). né à Rouen, curé de Corbeil, 1800 ; grand in-8, avec le portrait du titulaire.

Voir la reproduction de cette curieuse pièce au *Catalogue de la collection Ch. Lormier* (1" partie), page 32.
Le portrait de notre exemplaire est en tirage moderne.

2007. Guyot (J.-J.). gr. par *Decaché* ; petit in-8.
Rare.

2008. Haillet du Fossé (Guillaume). — 3 variantes, dont une gr.
par *Corneille* et une par *J. T. F.*

2009. (Harcourt) (Anne-Pierre, duc d'), gouverneur de la province
de Normandie, gr. par *Goüel* ; in-12 en largeur.
Très rare.

Nᵒ 2018 du Catalogue.

2010. Hébert, chanoine à Rouen, gr. par (*Goüel*) ; in-12 en largeur.

2011. Hébert, chanoine à Rouen, gr. par *Goüel*, 1777.
Rare.

2012. (Hélie) de Grantemesnil.

2013. Hennot d'Octéville. — Hennot de Théville ; 2 variantes.
— Ensemble 3 pièces.

2014. Herambourg (conseiller au Parlement de Normandie), gr.
par *Goüel*, 1777.

2015. Hermant (Joseph), curé de Saint-Pierre de Maltot, près Caen.

Charmante et très rare pièce représentant un intérieur de bibliothèque.
Épreuve à toutes marges.

2016. (Heusté) de Lamberville (Rodolphe) ; in 8.

Rare.
Épreuve à toutes marges, avec le nom du titulaire manuscrit.

2017. Huë de Caligny. — 2 variantes, dont une avant le nom.

2018. Jacques (Louis-Alexandre), gr. par son frère *J.-Nic. Jacques* ;
in-8.

Très rare.— *Voir la reproduction à la page précédente.*

2019. (Jourdan) de Launay (le Chevalier), officier aux Gardes
Françoises (gouverneur de la Bastille).

Pièce peu commune.

2020. (Jubert de Bouville) (André), conseiller en la Cour des
Aides de Paris. — (Marie-Gabriel-Bernard JUBERT DE BOUVILLE),
abbé de Massay. — Ensemble 2 pièces.

2021. (Labbey de la Roque.)

Épreuve à toutes marges.

2022. La Cour de Balleroy (de). — (Charles-Aug. de La Cour),
marquis de BALLEROY (lieutenant-général des Armées du Roi). —
Le marquis de BALLEROY. — Ensemble 3 pièces.

2023. La Haye de Basinville (de). — de LA HAYE DES FOSSÉS. —
Ensemble 2 pièces.

2024. Lallemant (Jacques-Charles-Alexandre), évêque de Séez.

2025. La Luzerne (le comte de). — 3 variantes.

2026. Langlois. — LANGLOIS DE FLEURIGNY. — Ensemble 2 pièces
gr. par *Gaïlel*.

2027. Langlois de Louvres. — 4 variantes, dont trois datées de
1731 gr. par *Villiers*.

2028. (Langlois de Motteville), président à mortier au Parlement
de Rouen). — **(Langlois de Motteville)**, conseiller au Parlement de Rouen, fils du précédent, gr. par *R. Hammerville*. —
(Mme **Langlois de Motteville**), née de Berrac. — Ensemble
3 pièces.

Série peu commune.

2029. **La Paluelle** (l'abbé de) ; petit in-8 carré.

> Rare.

2030. **Lapoterie-Pommereux** (L.-M.-C. de) ; petit in-8 carré.

2031. (**Larchier**) (Mᵐᵉ de), née de Roquigny de Bulonde, gr. par *Jacques*.

> Rare.
> Epreuve à toutes marges.

2032. **La Roche** (Jean-Joseph de), seigneur de Perteville (accolé de d'Aibon), gr. par *M(auri)ce Benard*.

> Rare.
> Epreuve à toutes marges.

2033. **La Rouvraye** (Charles-François de).

> Curieuse pièce.
> Le nom de famille a été mal orthographié par le graveur qui a écrit : *La Rouvrage*.

2034. **La Tourelle** (Mᵐᵉ de), née Grossin de Maneval, gr. par (*Goüel*) ; in-18.

> Rare.
> Epreuve à toutes marges.

2035. **Le Bas de Préaux.** — 2 pièces, dont une anonyme in-8 très rare.

2036. **Le Brun de Dinteville** (Alexandre), abbé de Saint-Nicolas de Blanche-Lande (au diocèse de Coutances) ; petit in-8 en largeur.

> Rare.
> Epreuve à toutes marges ; la légende est manuscrite.

2037. (**Le Carpentier d'Auzonville**), conseiller au Parlement de Rouen ; in-8.

> Rare.
> Superbe épreuve à toutes marges.

2038. **Le Cat**, chirurgien en chef de l'Hôtel-Dieu de Rouen, gr. par *Hérisset* ; in-12 en largeur.

2039. **Lecauchois**, gr. par (*Goüel*).

> Epreuve à toutes marges.

2040. **Le Chandelier**, gr. par *Goüel*, 1778.

> Très rare.

2041. **Le Chevallier** (E.-N.) : in-12 de forme ovale.

2042. **(Le Chevalier) d'Ecaquelon** : in-8.

2043. **Le Clerc de Lesseville** (Eustache Auguste), conseiller du Roi : grand in-8.

Rare.

2044. **(Le Conte de Nonant)** (Jean-Joseph), marquis de Raray. mestre de camp de cavalerie.

Épreuve à toutes marges.

2045. **(Le Couteulx)**. — 5 pièces différentes, dont une du XVIIe siècle et une gr. par *Jacques*.

2046. **Le Couteulx** (Antoine) : in-8.

2047. **Le Couteulx du Moley**, gr. par *Lachaumée*.

Rare.
Le nom est manuscrit.

2048. **(Le Danoys de Cernay.)**

Épreuve à toutes marges.

2049. **Le Febvre** (P.-J.-G.), gr. par *Jacques*.

2050. **(Le Febvre) de la Maillardière**. — 4 variantes, dont deux gr. par *L. Legrand*.

2051. **(Le Fournier) de Wargemont** (le marquis); petit in-8.

Rare.

2052. **(Le Gendre de Berville)** (Pierre-Hyacinthe), lieutenant-général des Armées du Roi. — 2 variantes.

2053. **(Le Goupil) du Mesnildot** (le chevalier).

Petite cassure.

2054. **(Le Jollis de Villers.)**

Épreuve à toutes marges.

2055. **(Le Moyne de Longueil)**, gr. par *Decaché* : in 8.

Très belle et très rare pièce.

2056. **(Le Moyne de Longueil)**, gr. par (*Decaché*) ; in-8.

Très rare.
Superbe épreuve à toutes marges, *avant la signature du graveur.*

2057. **Le Moyne de Bellisle**. — 2 pièces, dont une anonyme.

2058. (**Le Pelletier de Martinville**) (Charles-Jérome). — 2 variantes in-12 et in-4 en largeur, gr. par *François*.

2059. **Le Planquois** (Nicolas) (conseiller en la Cour des Comptes de Rouen) ; petit in-8.

N° 2056 du Catalogue.

2060. (**Le Roux d'Esneval**). — 5 pièces différentes.

2061. **Le Roy**, procureur du Roi au siège présidial de Rouen, gr. par *Jacques*.

2062. (**Le Sens de Morsan**) (Robert-Armand-René), président à mortier au Parlement de Rouen, gr. par *Goüel*, 1777.

2063. (**Lespinasse-Langeac**) (de). — 2 variantes, dont une gr. par *Bénard*.

2064. **Le Tellier de Brothonne**, maistre des Comptes, 1752 ; petit in-8.

2065. (**Le Tellier de Vaubadon**) (Pierre-François-Hippolyte). —
2 variantes.

2066. (**Lezay-Marnesia**) (Louis-Albert de), évêque d'Evreux ;
2 variantes. — (Claude-Gaspard de LEZAY-MARNESIA), vicaire-
général d'Evreux. — Ensemble 3 pièces.

2067. **Limoges** (le chevalier de), lieutenant des maréchaux de
France.
Epreuve à toutes marges, mais restaurée.

2068. **Lisieux** (Bibliothèque du Chapitre de).

2069. **Longaulnay** (de).

2070. **Longer** (P.-R.), chanoine d'Avranches ; grand in-8.
Epreuve à toutes marges, avec la légende manuscrite.

2071. **Lucas** (de l'**Estanville**) (T.-G.), chanoine à Rouen. —
LUCAS DE SAINT-OUEN, conseiller au Parlement de Rouen. — Ensemble 2 pièces.

2072. (**Lusière**) (de)?

2073. (**Maignard de Bernières**) (Pierre-Charles-Etienne), maréchal de camp.

2074. **Marescot** (André), chanoine de Rouen. — Nicolas-François
MARESCOT DE LISORES. — Ensemble 2 pièces.

2075. **Mauvoisin** (de).

2076. (**Menard**) **de la Menardière**. — 2 variantes in-16 et in-4 en
largeur.

2077. (**Merle d'Ambert du Livradois**) (de) ; petit in-8.

2078. **Midy** (L.-E.). — N. MIDY DU PERREUX. — Ensemble 2 pièces
gr. par *Goüel.*

2079. **Midy de la Grainerais.** — 4 pièces différentes, dont une
anonyme en largeur (*très rare*), une gr. par D^{lle} G^{es} et une colo-
riée.

2080. **Midy du Perreux**, gr. par (*Jacques*).

2081. (**Moges-Buron**) (de).

2082. Monthiers (le comte de). — 2 variantes, avec les noms manuscrits.

Jacques de Monthiers, capitaine au régiment de Bourbon-Cavalerie, fut nommé lieutenant-général de Pontoise en 1755.

2083. (Morin de Mondeville.)

2084. (Morin de Mondeville), gr. par *Roy*.

Petite restauration.

2085. (Mouchard). — 3 variantes, dont une gr. par *Decaché*.

2086. (Néel de Christot) (Louis-François), d'abord chanoine de Bayeux, puis évêque de Séez ; in-8.

Épreuve à toutes marges.

2087. Orange (Jean-Baptiste), gr. par *(Goüel)*.

2088. (Parent) de Belle-Hache, officier de cavalerie au Régiment d'Artois. — 2 pièces différentes, dont une à toutes marges datée de 1771.

2089. Pigou (J.) (conseiller au Parlement de Rouen, en 1708). — Pigou, pièce de l'époque révolutionnaire. — Ensemble 2 pièces.

2090. Plantard de Flibeaucourt (Paul).

Rare.
Belle épreuve à toutes marges.

2091. (Polinière) (de); in-16.

Rare.

2092. Pomereu (Armand-Michel de) (président à mortier au Parlement de Rouen).

Famille originaire du Soissonnais.
Belle épreuve à toutes marges.

2093. Pontus (B.), avocat au Parlement de Normandie, in-8. — de RIMARE ; 2 variantes in-12 et petit in-8. — Grégoire de RIMARE. — Ensemble 4 pièces.

Trois de ces pièces représentent des bibliothèques.

2094. Provost (Jean-Jacques-Gabriel), de Saint-Jean des Baizants (Manche).

Épreuve à toutes marges.

2095. Quiefdeville de Belmesnil (C.-Ad. de), chanoine à Rouen, gr. par *Duplessis* ; in-8.

> Rare.
> Superbe épreuve à toutes marges.

2096. (Quintanadoine de Bosguerard.)

2097. Raparlier, gr. par *Jacques*.

> Ex-libris maçonnique. avec le nom du titulaire manuscrit.
> Epreuve à toutes marges ; légère cassure.

2098. Romé de Vernouillet, conseiller au Parlement de Normandie.

2099. Rossignol (Robert-Pierre), conseiller au Parlement de Rouen.

2100. Rouen (Collège archiépiscopal de Bourbon, à) ; in-4.

> Epreuve à toutes marges portant l'attribution manuscrite d'un 1er prix de thème, signée du célèbre écrivain ecclésiastique Jean-François GODESCARD, professeur au Collège.

2101. Rouland, gr. par *(Goûel)*.

> Epreuve à toutes marges.

2102. (Roussel) de Goderville (le chevalier).

2103. Simon (Claude), principal du Collège de Séez ; petit in-8. gr. sur bois.

2104. (Tardieu de Maleyssie.)

> Rare.

2105. Thieslin de Lorière (de).

> Epreuve à toutes marges.

2106. Thirel de Boismorant. gr. par *Roy*.

2107. (Thiroux de Crosne) (Louis), intendant de Normandie, gr. par *(Goûel)* ; grand in-8.

> Très rare.
> Belle épreuve à toutes marges.

2108. (Thiroux de Crosne) (Louis), intendant de Normandie, gr. par *Gouël*, 1778 ; grand in-4.

Très belle et très rare pièce.
Epreuve à toutes marges.

N° 2108 du Catalogue.

2109. Thorel de Bonneval (J.), écuyer, gr. par *Gouël*.

Rare.
Le nom du titulaire est manuscrit.

2110. Touchet de Beneauville (l'abbé de).

2111. (Trotterel) (de).

Rare.

2112. (Turgot) (Jacques-Etienne), par *Bidault*, 1707.—Dominique-

Barnabé Turgot, évêque de Séez ; 2 variantes in-12 et in-8,
datées de 1716 et 1717. — Ensemble 3 pièces.

2113. Turgot des Tourailles : in-8.

Rare.

2114. (Valory) Jules-Hippolyte de), capitaine de grenadiers au
Régiment de la Marine, membre honoraire de l'Académie de
Peinture et de Sculpture, gr. par *lui-même* d'après *F. Bou-
cher* : in-8.

Jolie pièce, très recherchée.

2115. Vasse (J.), gr. par *Jacques*.

Épreuve à toutes marges.

2116. (Vauquelin) de Vrigny (le marquis), proche Argentan, en
Normandie.

2117. (Abbaye du Bec-Hellouin). — ABBAYE DE NOTRE-DAME DE
BELLOSANNE. — ABBAYE DE SAINT-ANTOINE à Rouen. — CARMES DE
ROUEN. — MISSIONNAIRES DE BAYEUX (étiquette). — Ensemble
5 pièces.

2118. Ancelot. — (ASSELIN) DE CRÈVECŒUR. — (ASSELIN DE VILLE-
QUIER). — (BAIVIN DE BACQUEVILLE). — BALLIÈRE, gr. par *Goüel*.
— C. BALLIÈRE, gr. par *Jacques*.— (BEAUDOIN DU BASSET). — (de
BOERIO). — BOULLEMER DE THIVILLE, 1814. — BRIÈRE-LOISEAU. —
BUSQUET. — Ensemble 11 pièces.

2119. Chapais ; 2 variantes. — Louis CHEF-D'HOSTEL, gr. par
Goüel. — COSTARD DE BURSARD, 1774. — J.-B. DESCAMPS, gr. par
N. Le Mire. — La comtesse DES COURTILS (DE MERLEMONT) ;
2 variantes, dont une lithogr. par *N. Boudin*, à Gisors. — (DES
HAIS DE FORVAL). — DOUVILLE, gr. par *de Le Gorgue*. — DU BOSC
DE VITERMONT ; 2 variantes. — Ensemble 11 pièces.

2120. (Du Moucel de Louraille).— DU MOUSTIER ; 2 variantes, dont
une anonyme. — DU NOT DE VIEUX-PONT. — Le comte DU PARC ;
2 variantes. — (DU POIRIER D'ANFREVILLE), gr. par *Goüel*. — (DU
QUESNOY). — DU RESNEL ; 2 pièces, dont une anonyme. —
Ensemble 10 pièces.

2121. (Escorches) de Sainte-Croix (le marquis d'). — L. D'ES-
TAMPES ; 2 variantes. — (FICQUET DU BOCCAGE), gr. par *Gamot*.

— Mⁱⁿ FOACHE. — (GOSSELIN) d'ANISY ; 2 variantes. — GRAVELLE DE FONTAINES, gr. par *Goüel*. — J.-L.-A. de GRESSENT. — de GUILLEBON ; 2 variantes, dont une gr. par *Jacques fils*. — Ensemble 11 pièces.

2122. **(Gruchet) de Soquence.** — (GUILLEMEAU) DE FRÉVAL, gr. par *Durey*. — J.-G. GUYMONNEAU. — HÉBERT, recteur de Mortaux. — d'HOUDEMARE, gr. par *Goüel* ; 2 variantes. — (HUE DE MIROMESNIL). — (de LA BONDE D'HYBERVILLE). — (LA BUNODIÈRE) DE BOURVILLE. — de LA LONDE. — Ensemble 10 pièces.

2123. **(Le Bouyer de Saint-Gervais).** — (LE CERF). — Pierre Fr. LE COQ DE VILLERAY. — LE CORNIER DE CIDEVILLE, 1768, gr. par *Bacheloy*. — (LEFÈVRE) DU QUESNOY. — (LE FÉRON DE LONGCAMP). — J.-B.-C.-M. LE MOINE, gr. par (*Decaché*). — (LE PEIGNÉ D'OUMÉNIL). — (LE PETIT D'AVENNES). — (LE PETIT) DE MONTFLEURY. — Ensemble 10 pièces.

2124. **(La Haye d'Anglemont).** — (LANGLOIS DE CRIQUEBEUF). — (LANGLOIS DE LA BOUDERIE). — (LANGUEDOR DE BECTHOMAS). — LA NIEPCE D'ANNEVILLE. — (LE BLANC), évêque d'Avranches. — Nicolas LE BOUCHER, gr par *Decaché*. — LE BOURG ; 2 variantes. — LE BOUYER DE MONHOUDOU. — Ensemble 10 pièces.

2125. **(Le Prestre).** — Le vicomte Alex.-Jacques LE REBOURS. — LE VENEUR (DE TILLIÈRES) ; 2 variantes. — Alexis-Paul-Michel (LE VENEUR) DE TILLIÈRES. — De LISLE. — Le marquis de (LOMBELON) DES ESSARTS, 1730. — de LYVET D'ARANTOT. — Michel-Charles MAGNE, gr. par *Godard jeune*. — (de MILLEVILLE). — Ensemble 10 pièces.

2126. **Moisson d'Urville.** — (de MONS) DE CARENTILLY. — (MOULIN DE MÉNAINVILLE). — d'OUESY. — Ch.-L.-Fr. PERCHEL, gr. par *Goüel*. — (PEZET DE CORVAL). — Jean-Fr. QUILLEBEUF, gr. par *Goüel*. — RENAULT. — Pierre-Jules-César de ROCHECHOUART, évêque de Bayeux ; 2 variantes, dont une anonyme. — Ensemble 10 pièces.

2127. **Ronssin** (Jacques), gr. par *Jacques*. — Th.-G.-L. de RONCHEROLLES. — de SAINT-PAUL. — J.-Et.-Ant. de SAINT-SIMON. — (TEXIER D'HAUTEFEUILLE). — (L'abbé THÉRISSE). — de THIBOUTOT. — THOMAS DU FOSSÉ. — Paul-Fréd.-Ch. de VALORY. — Ensemble 9 pièces.

2128. Etiquettes. — Réunion de 21 pièces, la plupart avec encadrements typographiques.

Bix (J.-L.). — de Boynes. — Académie de Caen. — Bibliothèque de Caen ; 2 variantes. — Cherfils. — Du Bosc de Vitermont. — Hébert. — Houllier ; 2 variantes. — Hullot ; 2 variantes. — (Lamperière) de Benouville. — Le Boucyer de Saint-Gervais. — J.-F.-P. Le Petit. — L'abbé de Montaing. — de Pommereul. — Simon-Th. Rambald. — Gabriel-Aug. Thierry. — Ant. de Touchet. — Le comte de Vimar.

PROVENCE

2129. Aix (Séminaire d'). — 2 variantes in-12 et grand in-8.

Piqûre de ver à une pièce.

2130. Amat de Volx (François-Auguste d'). gr. par *(Michel)* ; petit in-8.

Jolie pièce, peu commune.

2131. (Ancezune de Caderousse) (Joseph-André d'), gr. par *L. Legrand*.

Épreuve à toutes marges.

2132. Andrault (Pierre). avocat au Parlement, gr. par *Delarbre*. — 2 épreuves.

Pièces collées sur les tomes II et III de l'*Histoire du Concile de Trente* de Paolo Sarpi ; 1751.

2133. Andrée (le baron d').

2134. Anselme de Saint-Victor (d') ; in-8.

2135. Arles (Bibliothèque de la ville d'). gr. par *Poize* ; petit in-8.

Épreuve à toutes marges.

2136. Astier (Pierre-Ant.), chanoine.

Léger raccommodage en marge.

2137. Auda de Montolieu, avocat au Grand-Conseil. — (Ant.-Gaspard Auda), notaire à Marseille. — Ensemble 2 pièces.

2138. (Audiffret) (d'). — 2 variantes.

2139. Avignon (Loge des Amis à l'épreuve, à l'Orient d').

Très rare.

2140. (Aymard) (Jean-Daniel), avocat à Arles.

Rare en épreuve ancienne.

2141. **(Barlatier du Mas)**. — 2 variantes in-12 et in-8.

2142. **(Baroncelli)** (de)?

2143. **Barrel-Pontevès** (de), gr. par *J.-L.-R. Veyrier*, 1761.
Très rare.

Nᵒ 2143 du Catalogue.

2144. **Bastide** (Agricol-Joseph), chirurgien à Avignon.
Epreuve restaurée.

2145. **Bastin** (J.-B.-M. de), chanoine de l'Église de Saint-Quentin ;
in-12 en largeur.
Epreuve à toutes marges.

2146. **(Bausset)** (Emmanuel-François de), évêque de Fréjus, gr.
par *Chenet*, à Avignon ; grand in-8, gr. sur bois.

2147. **(Bausset)** (Nicolas-Mathieu, marquis de), ovale en largeur, à
toutes marges. — (Emmanuel-Hilaire de BAUSSET, chanoine de

Saint-Victor). — (Pierre-Ferdinand de Bausset, archevêque d'Aix); 2 variantes. — Ensemble 4 pièces.

2148. (**Bellaud**) (de). — F.-S.-M.-J.-P.-B. de Bellaud. — F.-S.-M.-P.-E.-A. de Bellaud ; in-8. — Ensemble 3 pièces.

2149. **Bellis** (de).
Epreuve à toutes marges.

N° 2153 du Catalogue.

2150. (**Belsunce de Castelmoron**) (Henri-François-Xavier de), évêque de Marseille. — 2 variantes.

2151. (**Bérard de Montalet**) (le marquis de).
Rare.

2152. (**Bernardy de Valernes**.)
Rare.
Petite piqûre de ver.

2153. (**Biliotti**) (de).
Très rare.
Superbe épreuve à toutes marges.

2154. **Boisselly** (François), avocat à Marseille.
Jolie pièce dans le goût de *Michel*. — Rare.

2155. (Bonnet d'Olléon) (de).

Rare.

2156. (Bourgarel) de Martignan (de).

Rare.
Epreuve un peu rognée dans sa partie inférieure.

Nº 2160 du Catalogue.

2157. (Brancas) (le duc de), comte de Lauraguais ; 2 variantes. — André-Joseph de BRANCAS. — Le comte de (BRANCAS) FORCAL-QUIER. — Le marquis de BRANCAS-VILLENEUVE. — Ensemble 5 pièces.

2158. Brouchier (P.-J.), minime (à Aix).

Rare.

2159. (Brun de Boades) (de), lieutenant de vaisseau.

Epreuve à toutes marges.

2160. (**Brun de la Martinière**), gr. par *Michel*, à Avignon, petit in-8.

> Très rare.
> Superbe épreuve à toutes marges.

2161. (**Cabre**) (Pierre-Mathieu de), conseiller en la sénéchaussée de Marseille, in-16.

> Rare.

2162. **Calvière** (C.-F. de), gr. par (P. *Mignot*).

> Rare.
> Belle épreuve à toutes marges.

2163. (**Cambis d'Orsan**) (de). — 3 pièces différentes, dont une in-8 ovale en largeur, très rare.

2164. **Campou** (François), gravé dans le goût de Callot.

> Pièce curieuse.

2165. (**Candolle**) (Ant.-Paul-Augustin de), officier des Galères du Roi.

2166. **Cappeau d'Istres**.

> Rare.

2167. **Castillon** (le marquis de), gr. par *Stagnon*.

> Très rare.

2168. **Catelin** (J.-B. de). — (Ant.-Benoît de Catelin). — Ensemble 2 pièces.

2169. (**Caze**) (Gaspard-Hyacinthe de). — M.-J.-F. de Caze. — Ensemble 2 pièces.

2170. **Charpentier** (A.-J.-L.).

2171. (**Chauveton**) (de). — (Pierre-Claude de Chauveton), mousquetaire de la Garde du Roi, lieutenant des Maréchaux de France à Avignon. — Ensemble 2 pièces.

2172. (**Chicoyneau**), gr. par *J. Michel*, à Avignon; grand in-8.

> Très rare.
> Mouillure.

2173. (**Cipières ?**) (de), gr. par (*Michel*), 1736; in-16.

> Rare.

2174. Conceyl (le marquis de).

Rare.
Epreuve à toutes marges.

2175. (Congrégation des SS. Anges.)

Rare.

N° 2167 du Catalogue.

2176. Coriol (de).

Belle épreuve à toutes marges.

2177. (Croze de Lincel) (de), gr. par *Michel*, à Arles, 1727.

Epreuve un peu rognée sur les côtés.

2178. (Croze de Lincel) (Henri-Alexis de), garde de l'étendard royal des Galères, premier consul d'Arles, gr. par *Brupacher*, 1767.

Curieuse et rare pièce avec emblèmes maçonniques.

2179. (Des Laurents) (Antoine-Joseph), évêque de Saint-Malo ; in-12 en largeur.

2180. (**Des Michel de Champorcin**). — 2 pièces différentes, in-18 et in-12.

> Rares.

2181. (**Des Porcelets.**)

> Epreuve à toutes marges.

2182. **Desvignes** (Jacques), avocat royal à Arles, gr. par *Michel*; petit in-8.

2183. (**Du Caylar**). — 3 variantes.

2184. **Dugas** (P.-T.), docteur en médecine; in-8.

2185. (**Du Perier de Larsan.**)

> Jolie pièce finement gravée.

2186. (**Du Puget-Rivière.**)

> Pièce *dessinée à la plume.*

2187. (**Fassin**) (Guillaume), consul de la ville d'Arles; in-16.

2188. **Folard** (le chevalier de). — 2 variantes, dont une in-12 anonyme et l'autre in-4.

2189. (**Forbin-)Janson** (Jacques de), archevêque d'Arles. — 2 pièces, dont une à toutes marges gr. par *Vallet.*

2190. **Forbin de Sainte-Croix.** — 2 variantes, dont une in-12 anonyme à toutes marges, l'autre gr. par *Veyrier*, 1731.

2191. **Fortia** (le comte de); 2 pièces, dont une anonyme gr. par *Maurisset*, plus une étiquette. — Le marquis de FORTIA. — Le marquis de FORTIA-MONTRÉAL. — Ensemble 5 pièces.

2192. (**Fougasse**) **de la Bastie** (G.), archidiacre de Chartres.

> Rare.

2193. **Francony** (J.), chanoine de l'Église d'Arles, gr. par *J. Michel*, à Avignon.

> Très rare.
> Léger raccommodage en marge.

2194. **Galliffet** (le comte de). — L'abbé de GALLIFFET (frère du précédent). — Ensemble 2 pièces.

2195. **(Gantès)** (Joseph-Henri-François de), lieutenant de vaisseau, gr. par *Lemaire* ; in-12 en largeur (deux lions pour supports).

Très rare.

2196. **(Gantès)** (Robert-Ant. de), gr. par *Lemaire* ; in-12 en largeur (deux femmes pour tenants).

Très rare.

Nᵒ 2193 du Catalogue.

2197. **Geille Saint Léger de Bonrecueille** (Charles), gr. *par lui-même* ; petit in-8.

Curieuse pièce à emblèmes maçonniques.
Épreuve avec le médaillon central maculé et la particule nobiliaire effacée à l'époque de la Révolution.

2198. **Griffon**, chanoine, gr. par *Veyrier*, 1756 ; in-8.

Rare.

2199. Giraud.

Ex-libris de Louis-François de Giraud, lieutenant aux Gardes Francaises. --
Très rare.
Epreuve à toutes marges.

2200. (Giraud) (de), gr. par *Berlier*, 1740; in-12. — Le même, par
(*Michel*); in-16. — Ensemble 2 pièces.

Epreuves à toutes marges.

2201. Glandevès (de). — de GLANDEVÈS-NIOZELLES. — Ensemble
2 pièces.

2202. Goujon, auditeur de rote, à Avignon. — 2 variantes.

2203. (Grasse) (le marquis de.)

Rare.

2204. Grasse Brianson (le marquis de.)

Charmante et très rare pièce.
Les armes du titulaire, lieutenant de vaisseau, reposent sur un socle ren-
fermant un médaillon représentant un combat naval.

2205. (Grille) (de). — Jacques de GRILLE D'ESTOUBLON. prévôt de
l'Eglise d'Arles, gr. par (*Brupacher*), 1737 (épreuve à toutes
marges). — Ens. 2 pièces.

Rares.

2206. (Grimaldi) (le marquis de), gr. par *Arthaud* ; in-4.

Belle épreuve à toutes marges.

2207. (Grimaldi) (Louis-André de), évêque du Mans ; 3 variantes.
— (GRIMALDI DI CASTRO). — Ensemble 4 pièces.

2208. (Gubert) (de).

Epreuve à toutes marges.

2209. (Hostager) (Jean-Baptiste d'), sénéchal d'épée de la ville de
Toulon, conseiller de la ville de Marseille ; in-12 ovale en
largeur.

2210. Inguimbert (Louis-Silvestre d'), prêtre du diocèse de Ca-
vaillon, chancelier d'Amiens, abbé de Moreuil, 1760.

Epreuve à toutes marges.

2211. (Lafiteau) (Pierre-François), évêque de Sisteron, gr. par
(*Michel*).

Epreuve à toutes marges.

2212. **Lamarre** (Raymond), médecin (à Antibes), gr. par *Jonveaux*.

2213. **Larguier** (D.-G.-Henri), avocat et avoué à Marseille, né à Alais. — 2 variantes.

N° 2216 du Catalogue.

2214. **Lartigue** (Etienne de), chanoine de l'Eglise d'Aix.

Très rare.

2215 **(Laurens de Beaujeu)** (l'abbé Jean-Baptiste de) ; petit in-8.

Rare.
Epreuve à toutes marges.

2216. **(Le Bret de Flacourt)** (Pierre-Cardin), premier président du Parlement d'Aix, gr. par *J. Michel*, à Avignon, 1731.

Très rare.

2217. **Lejourdan**, conseiller en l'Amirauté. — 8 variantes in-12,
et in-4.

> Série difficile à former. — Sept pièces sont gravées par *G. D. T. (Grosson de Truc)*, la dernière par *L. M. P. F.*

2218. **L'Enfant** (Louis-Vincent-Bruno), intendant pour le Roi de
la garnison de Monaco ; in-4.

> Rare.
> Épreuve à toutes marges.

2219. (**Lombard**, marquis de Montauroux). — 2 variantes, dont
une en largeur.

2220. (**Lordonnet**) (Mathieu-Hilarion de), seigneur d'Esparron,
conseiller au Parlement de Provence.

2221. (**Loys**) **de Loinville** (G.-D. de). — 2 variantes gr. par
Michel, à Arles. dont une in-12 datée de 1727. l'autre petit in-8.

> Rares.

2222. (**Majoli**), gr. par *J. Michel*, à Avignon, 1730.

> Jolie pièce. — Rare.

2223. (**Marmet de Valcroissant**.)

2224. (**Martelli**) (de).

2225. **Martin de Croissainte** (conseiller du Roi à Marseille).

2226. (**Mazenod**) (Charles-Alex. de), président en la Cour des
Comptes de Provence ; 2 pièces. — (de Mazenod), ecclésiastique ;
2 pièces. — Ensemble 4 pièces à toutes marges.

2227. (**Meyran de Lagoy**) (de). gr. par *Michel*, à Arles. — 3 variantes, dont une datée de 1727.

2228. (**Michel de Léon**) (François), trésorier général des finances.
— 5 variantes in-12, in-8 et in-4, dont une gr. par *Dejean*.

> Série complète et peu commune.

2229. **Montmajour** (Abbaye de Saint-Pierre de), près d'Arles, gr.
par *Brupacher*, 1765 : in-8.

> Épreuve à toutes marges.

2230. (**Montolieu**) (Nicolas de), chevalier de Malte.

> Rare.

2231. **Morand** (Pierre de), gr. par (*Michel*).

> Rare.

2232. (Morel de Villeneuve) (Joseph-Casimir de).

2233. Palys-Montrepos (le chevalier de), gr. par *Merché*, à Lille, 1769.

Très rare.
Belle épreuve, très grande de marges.

N° 2238 du Catalogue.

2234. Pellissier (de), gr. par *Michel*; petit in-8 carré.

Rare.
Légère restauration en marge.

2235. Perussis (de Barles).

Rare.

2236. (**Peyssonnel**) (de) ; in-12 en largeur.

> Rare.

2237. (**Piolenc**) (Jean de), chanoine de l'Eglise métropolitaine d'Arles, abbé de Flavigny : in-12 en largeur.

> Rare.

2238. (**Pomme**) (Pierre), docteur en médecine, médecin du Roi, maire d'Arles, gr. par *Rouvière*.

> Rare. — Belle épreuve avec **marges**.
> *Voir la reproduction à la page précédente.*

2239. (**Pontevès**) (Jean-Louis de), capitaine de vaisseau.

> Très rare.
> Epreuve à toutes marges.
> *Voir la reproduction sur le titre du Catalogue.*

2240. (**Pontevès**) (Jean-Louis de), capitaine de vaisseau.

> Charmante petite pièce. — Les armes du titulaire reposent sur un socle renfermant un médaillon représentant un combat naval.
> *Voir la reproduction à la dernière page du texte.*

2241. Puget de Barbantane (le marquis de), gr. par *L. D. F.*; in-12 en largeur.

2242. (**Raffélis-Soissan**) (Mme de), née de Bellis, gr. par *Veyrier* et *Le Blond*.

> Rare.

2243. (**Raousset**) **de Boulbon** (le comte de).

2244. (**Ravel**) (de).

> Rare.
> Epreuve à toutes marges.

2245. (**Renaud de Fontbelle**) (Mme de), née Anne-Marguerite de Thomas.

2246. Rians (F.-B.-X. de), Conseiller Royal, 1738. — (de RIANS, accolé de Gardane); in-18. — Ensemble 2 pièces.

2247. (**Riquetti, marquis de Mirabeau**) (Victor) auteur de l'*Ami des Hommes*.

2248. Rosset de Saint-Quentin (de).

> Epreuve à toutes marges.

2249. (**Roy de Vaquières**). — 2 variantes.

2250. (**Russan**) (de), gr. par *Faure*, d'après *Bès* ; grand in-8.

2251. **Salamon** fils, avocat du Roi en la Sénéchaussée du Comté-Venaissin.
> Rare.

2252. **Salamon** (Alphonse-Antoine-Laurent), secrétaire d'État du Saint-Siège pour Avignon ; grand in-8.
> Rare.

2253. **Sauzey**, avocat.
> Intérieur de bibliothèque.
> Épreuve à toutes marges.

2254. **Savérien** (Alexandre).
> Pièce peu commune.

2255. (**Segonzac**) (de) ; in-12 en largeur.

2256. (**Seytres de Caumont**) (le marquis Joseph de) ; 2 variantes. — (Le marquis Joseph-François-Xavier de SEYTRES DE CAUMONT), fils du précédent, accolé de Montboissier ; in-8 ovale. — Ensemble 3 pièces.

2257. (**Simiane**) (le marquis de) ; in-12.
> Jolie petite pièce. — Rare.

2258. (**Suarez d'Aulan**) (Mᵐᵉ de), née Anne de Vichy.

2259. (**Suarez d'Aulan**) (de), gr. par *J. Michel*, à Avignon, 1730.
> Belle épreuve à toutes marges.

2260. **Tellus** (Antoine-Louis), avocat à Avignon, gr. par *Veyrier*, 1760.
> Jolie pièce.

2261. (**Testanière**), gr. par *Arthaud*.

2262. **Testoris** (P.).
> Rare.

2263. (**Thomas**) **de la Valette** (le marquis).

2264. (**Thomassin de Saint-Paul**), président à mortier au Parlement de Provence ; petit in-8. — 2 variantes.

2265. Tonduti de Blauvac (premier consul d'Avignon).

Rare.

2266. (**Trimond de Puy-Michel**) (de).

2267. Tulle (François-Marie de), gr. par *Michel.*

Jole pièce. — Rare.
Voir la reproduction à la page 25.

2268. (**Vacon**) (Jean-Baptiste de), évêque d'Apt.

Très rare.

2269. (**Valbelle de Tourves**) (Joseph-Alphonse de), évêque de Saint-Omer. — 2 variantes in-18 et in-8.

2270. (**Valbelle**) (le marquis de) : très grand in-8.

Rare.

2271. (**Varadier**) **de Saint-Andiol** (Jean-Baptiste), (archidiacre de Saint-Trophime à Arles, abbé de Perray-Neuf, au diocèse d'Angers).

2272. (**Vigne**) (Antoine), chirurgien à Arles.

Epreuve à toutes marges.

2273. Villages (le chevalier de). — 2 variantes, dont une à toutes marges.

2274. (**Villeneuve**) (de).— 3 variantes in-12, dont une écartelée *très rare.*

2275. (**Villeneuve**) (de) : très grand in-8 en largeur.

2276. (**Villeneuve**) (de) ; 2 variantes. — Le vicomte L.-F. de VILLE-NEUVE-BARGEMONT. — Ens. 3 pièces en largeur, gr. par *D. V.*

2277. Villeneuve-Martignan (de), gr. par *J. Michel* de Genève, à Avignon, 1732 ; in-8.

Rare.

2278. (**Villeneuve-Vence**) (de). — 2 variantes petit in-4, don une gr. par *Faugrand.*

2279. (**Vintimille**) (Ch.-Gaspard-Guillaume de), évêque de Marseille, puis archevêque d'Aix, gr. par *Petit* ; grand in-8 en largeur.

2280. **Ycard** (Armand-Bernard d'), prêtre (chanoine de Saint-Trophime à Arles).

Epreuves à toutes marges.

2281. **Ycard** (Charles d'), secrétaire du Roi, conseiller intime du prince de Dombes ; petit in-8.

———— —

2282. (**Abeille**). — AGNELIER ; 2 variantes. — AMÉ DE SAINT-DIDIER, gr. par *E. Voysard*. — (d'ARCUSSIA). — (d'ARENNES) — (Henri-Toussaint BARON). — (BARTHÉLEMY) DE LA PLAINE. — (de BASCHI DE SAINT-ESTÈVE). — (de BONNET), conseiller au Parlement de Provence. — Ensemble 10 pièces.

2283. (**Boyer**) **de Foncolombe** (le chevalier). — (de CAIRE DU LAUZET), traits à l'encre sur la couronne et l'un des supports. — de CAMELIN. — (Jean-Arnauld de CASTELLANE), évêque de Mende. — (de CHABERT). — CRESP, avocat à Marseille. — L'abbé (DEDONS) DE PIERREFEU. — Thadée-Hippolyte DELEUTRE. — de DIGNOSCYO. — (DU BLANC DE BRANTES). — Ensemble 10 pièces.

2284. **Ferrandy**, intendant de la Santé de Marseille, directeur de l'Hôpital de Saint-Joseph. — (FOUGASSE) DE LA BASTIE. — (FREZAL DE LISLE) — J.-B. GASTALDY, docteur-médecin, gr. par *Veyrier*, 1752. — (GINESTOUS DE MONTDARDIER). — (GINESTOUS DE VERNON). — H.-C. de GINOUX. — HURSON, conseiller au Parlement ; 2 variantes. — (des ISNARDS). — Ensemble 10 pièces.

2285. (**Isoard de Vauvenargues**) (le cardinal J.-J.-X. d'), archevêque d'Auch. — (Antoine-Balthazar de JARENTE) ; in-12 en largeur. — Ed. de LAPLANE. — (LE BLANC DE CASTILLON). — (Henri-Jacques de LIEURON), cornette au régiment de La Rochefoucauld. — MARIN. — (de MASSILIAN) ; léger raccommodage. — Le cardinal MAURY. — (MOULINNEUF), gr. par *lui-même*. — (PEREY) ; in-8. — Ensemble 10 pièces.

2286. **Pastoret** (le marquis de) ; 3 variantes. — PERRIN DE SANSON, écuyer de Marseille. — PHILIP, avocat à Aix. — (de POULHARIEZ-CAVANAC). — (POURCIN) ? — Honoré de QUIQUERAN DE BEAUJEU, évêque d'Oléron, puis de Castres. — Ant. REYNAUD, à Marseille. — (Du ROURE, baron de Beaujeu), maire d'Arles. — Ensemble 10 pièces.

2287. **(Rovère)** (de). — (Pierre de Sabatier), évêque d'Amiens. — Séminaire Saint-Charles d'Avignon. — (Simon-Dorel), gr. par *Laurant*. — de Soissan l'aîné, à Avignon. — S.-Gabriel Tolomas de Coppola. — (de Vaesc). — (de Vassous). — (de Vento des Pennes). — Ensemble 9 pièces.

2288. **Etiquettes**. — Réunion de 16 pièces, avec encadrements typographiques.

Constant (Jacques), curé de Saint-Trophime. — Charles Cottier, juge à Carpentras et à Nîmes; 14 variantes. — Madame Foltz, née Fortia de Piles.

N° 2240 du Catalogue.

N° 1395-XIX

EM. PAUL ET FILS ET GUILLEMIN
Libraires de la Bibliothèque Nationale
28, RUE DES BONS-ENFANTS, 28

TABLE ALPHABÉTIQUE

DES NOMS DE FAMILLES ET DE SEIGNEURIES

CITÉS DANS LES QUATRE VOLUMES

de l'Histoire Héroïque et Universelle

DE LA

NOBLESSE DE PROVENCE

PAR ARTEFEUIL

DRESSÉE PAR

LE VICOMTE ERNEST DE ROZIÈRE

Blois, 1901, beau volume in-4 de vii, 144 et 163 pages, sur papier vergé, illustré d'une planche contenant 9 blasons, broché. (*Publié à 30 francs*) . . . . **15 fr.**

Important travail, indispensable aux collectionneurs d'ex-libris et de généalogies des familles de Provence. Il renferme la réimpression du tome IV du *Nobiliaire* qui manque à la plupart des exemplaires : la *Liste des familles qui ne se trouvent pas rapportées dans l'Histoire héroïque de la Noblesse de Provence* ; la *Table* et l'*Armorial du Nobiliaire de Provence*, avec la description des armoiries de chaque famille.

ÉM. PAUL ET FILS ET GUILLEMIN
Libraires de la Bibliothèque Nationale
28, RUE DES BONS-ENFANTS, 28

VIENT DE PARAÎTRE :

Baron DU ROURE DE PAULIN

QUELQUES RELIURES D'ALMANACHS

Jolie plaquette grand in-8 de 39 pp., éditée avec luxe et *tirée seulement à 200 exemplaires numérotés.*

PRIX. . . . . **4 fr.**

Cette étude « souvenir d'un siècle exquis d'amour, de grâces, de charmes et d'élégances » est ornée de vignettes et de 27 *reproductions représentant les plus curieux spécimens de reliures d'almanachs.*

Dix-neuf figures sont tirées dans le texte et *huit hors texte,* dont quatre en or sur couleur et une en héliogravure.

Tours, Imp. Tourangelle, 20-22, rue de la Préfecture